KB152840

호반의 찻집

김 연 하 시선집

문학사계

머리말

산야에는 눈이 주단을 깔아 놓은 것처럼 쌓여있고, 칼바람이 불어오지만 입춘이 지나니 어느새 혹한이 기승을 부리던 땅에서는 연녹색 잡초 사이마다 냉이가 살포시 고개를 내밀어 기다리던 봄이 다가옴을 알립니다.

이 계절에 20여 년 동안 마음을 다스리며 쓴 12권의 시집 중에서 142편을 선별하여 민들레, 인연, 먼 산, 봄의 서곡, 홍매화, 마음의 창 등 6부로 나누어 『호반의 찻집』이라는 제호로 시집을 펴내게 되었습니다.

저는 직장생활 34년을 하면서 앞만 보고 달리다가 뒤늦게 문단에 등단하여 시간의 여유를 갖게 되었습니다. 저는 비로소 시를 지으며 시와 함께 사는 것이 얼마나 보람되고 참된 삶인가를 알게 되었습니다.

저는 모닥불처럼 타오르는 기운을 담아 시를 쓰고 싶었습니다. 저는 사랑을 느끼게 하는 시, 정겹고 푸짐하며 편안한 시, 환상의 세계를 넘나들면서도 시혼을 움직일 수 있는 시를 생산하고 싶었습니다.

여기에는 잔잔한 호숫가 찻집에서 꿈의 여신과 고요히 흐르는 음율 속에 잠겼던 추억의 시도 있습니다. 커피를 마시고 함박눈 위를 걷던 추억을 회상하면서 이 시집을 엮었습니다.

　출판계가 어려운 시기에 기꺼이 책을 펴내주신 문학사계에 심심한 사의를 표합니다. 끝으로 이 시집을 읽는 독자 여러분의 공감을 기대합니다.

2017년 2월 17일 牛眠山房에서

고담古潭 김연하金連河

차 례

제2부 인연

제3부 먼 산

제4부 봄의 서곡

제5부 홍매화

제6부 마음의 창

제1부 민들레

조약돌

얼음이 녹아 흐르는
세찬 물살에
새알처럼 다듬어지고

소용돌이 속에
만나고 부딪치며 깎이는
인연의 여울목에서

주름살 깊어갈수록
삶의 잔재미가 모여
세월 따라 둥글게 둥글게
사랑의 윤선輪線을 그려가네.

민들레 1

외로이 떠돌던
홀씨 하나
길섶에 날아들어 뿌리내렸네.

거친 발길에
짓밟히고 뭉개져도
아픔을 딛고 살아온
끈질긴 고난의 삶,

슬픔은 별이 되고
괴로운 가슴을 지우며
노란 꽃으로 피어나
여물어 가는 생명의 씨앗,

꽃등에 실려
어느 언덕 날아가도
고운 얼굴로 다시 피어나

작은 가슴 가득히
초록빛 향기 뿜어내며
온 천지에 번져 나가네.

인연因緣 3

정처 없는 기다림 속에
약속 없이 찾아온 새로운 희망
이슬 같은 인연이었네.

어두웠던 마음의 창가에
한줄기 빛으로 찾아온 그대는
향기로운 내 영혼의 산소

각자 다른 영역에 살다가
이렇게 운명처럼 다가온 만남
인연으로 엮어진다 하지만

멈출 수 없는 인생길
평생 든든한 바람막이가 되어
따뜻한 온돌로 덥혀지네.

쑥

뿌리에 숨긴 기질은
어둠을 비집고 일어서
새봄을 향긋하게 장식하네.

초토화된 흙더미 속에서도
갈기갈기 찢기고 잘린 채
끈질기게 일어서며

암울했던 시대에
민초들의 갖은 핍박으로
뼈를 깎는 절망의 고통 감내하듯

칠흑의 어둠을 안고
강인한 생명력으로 깨어나
굳세게 일어서네.

호반의 찻집

그리움이 쌓일 때면
눈길을 걷던 호숫가 찻집에서
그녀와 함께 커피를 마시네.

조용히 흐르는 음율 속에
어우러진 향기 새겨 마시면
어느새 커피 잔은 비워져
공허한 마음 갈증으로 남고

소리 없이 내리는 함박눈이
그때 그날처럼 포근하게
발자국을 지울 무렵엔

가로등 불빛이 반짝이며
향기로운 한 잔의 커피 냄새처럼
애정 어린 추억 젖어오네.

숫돌

아버지는 목수였다.
숫돌에 물방울을 떨어트려
무딘 대팻날을 문지르면
제 몸 깎으며 날을 세웠다.

잔뜩 날이 선 대패로
판재를 매끄럽게 다듬어
장롱과 가재도구를 만들며
고투의 세월을 보내고

가슴속 깊이 녹아든 눈빛은
자식 위해 그늘이 되어
어둠에서 빛이 되고
언제나 손을 잡아 주셨다.

천직으로 목공일을 하며
평생을 희생해온 아버지는
강한 대팻날 연마로
야위어가는 숫돌이 되었다.

열반涅槃

생이란 한조각 뜬구름
숨 한번 들어 마시고
마신 숨 다시 뱉어내면
그게 살아있다는 증표

절개된 목어木魚 등의
각인된 목탁소리에
다갈색 연록 출렁거리네.

우담발아처럼 시어詩語가 들면
좋은 시 한편 지어
즈믄 밤 열반에 들고
죽어서 영원히 살려네.

독야獨夜

서창에 걸린 달빛이
침잠하는 마음의 가지 사이
스치며 천천히 지나가네.

캄캄한 어둠속에
더욱 또렷하게 드리워지는
고독의 진한 그림자

영혼의 넋으로 피어
사랑하고 위로하던 추억이
그리움으로 살아남아

창천蒼天 가득히
남루했던 옷자락 내려놓고
잃었던 꿈을 꾸게 하네.

촛불

스스로 자신을 태워
어두운 세상을 밝힌다.

침묵이 흐르는 시간
창문 밖까지
웃음꽃 피우는 얼굴

그리움을 가슴에 담아놓고
사랑의 꽃을 피우는 날
함께 있으리.

그대 목숨의 꽃봉오리
어둠을 밝히며 사르리.

노을 1

그리움이 탄다.

지난 삶 속 닫힌 가슴
조각난 생각 봇물 되어
스쳐간 추억으로 다가오고

세월 속에 외로움 가득히
메마른 가슴 끌어않으며
돌아서서 한숨지을 때

꾸밈 없는 맑은 미소로
표류하는 마음 사로잡아
타오르는 불꽃 되었다가

수줍은 듯 살며시 떠올라
꽃구름 산허리 껴안듯
그리움이 탄다.

꽃밭

온몸으로 보슬비를 삼키며
송이송이 피어난
연보라 제비꽃은
겹겹으로 살이 올라 탱탱하다.

먼저 핀 꽃들은
빛살을 담아
불태우는 마음 아는 듯
눈짓으로 불러오는 벌 나비

언제나 꽃 틈새로
살포시 다가와
날개를 접고 머뭇거리며
향긋한 꽃 냄새에 웃음 짓는다.

그대 눈길 닿지 못한 곳에서
외로움 달래주는 손길
속살 움켜쥐며 아파하지만

노을이 길을 재촉하며 지난 뒤
깊어지는 어둠 속에
짙은 향기를 모아
그리움의 몸짓으로 어루만지리.

산수유 꽃

찬바람 스쳐도
내려쬐는 봄 햇살이
겨울잠을 깨운다.

하루를 여는 아침
맑은 눈빛에 아른거리는
소망의 씨앗들……

앙상하던 가지가지에
동그란 잠아潛芽가
꽃망울을 가득히 터트려
은은한 향기 뿜어내고

훈훈한 바람 파고들어
온갖 영욕榮辱의 얼룩을
말끔히 씻어내면

속삭이는 꽃 냄새

샛노란 병아리 미소 짓는
초롱초롱한 꽃망울에
아름다운 숨결 날아든다.

유채꽃

봄 햇살이 짙어지면
남녘에는 추억의 물결
샛노란 옷으로 갈아입는다.

모질게 할퀴고 지나간 상처
부서져 허물어지고 삭아
마디마디 멍들어 아픈 기억들

매운 가시바람 박히듯
아픈 설음안고 혼불 되어
움터오는 생명의 소리

숨죽여 기다리고 기다려
쓰러진 빈대 일으키며
구겨진 영혼 다듬이질 하여
신경 줄 마디마디 채우고

일어버린 꿈을 찾아
남녘 향한 그리움의 빛깔로
아름답게 색칠해 간다.

깨어나는 산

멀리서 빛의 소리를 듣고
새벽을 깨우며
험한 산과 계곡을 건넌다.

땅위 어둠 사루는 찬란한 빛
풀씨 떨어진 그 자리에
영혼의 고운 빛깔 그대로
꽃으로 피어나기를 기다렸다.

절정의 한 순간을 보려고
나비같이 너울너울 춤추며
구리 빛 얼굴로 산을 오르면

팔 벌린 계곡의 아침
저마다 다른 모습으로 피어나는
바람꽃 복수초 노루귀
은방울 제비꽃이 피고
자홍색 얼레지 꽃이 피어난다.

흙속 깊이깊이 뿌리내려
밤이슬에 눈망울 생기 돋아
가냘프게 피어나는 야생화들
티 없이 맑고 싱그럽다.

곱고 향기로운 입술에
수줍은 듯 볼을 붉히고
활짝 웃으며 깨어난다.

진달래꽃

진달래꽃은 방화범인가
온 산을 태우듯이
청춘의 불을 지른다.

붉게 물들여진 산야
바람 스칠 때마다 유혹의 눈길로
가슴에 불을 지르듯
파도치게 하는 그대여

안으로 고이는 그리움으로
발길을 돌리지 못한 채
그대 눈물겨운 사념으로
슬픔이 꽃잎처럼 쌓인다.

가녀린 이 작은 육신
죽어 모든 것 잊어버리고
한줌의 재 되어 뿌려진다 해도
추억의 날개로 날아

그대 앞에 설 수 있다면

고통 속에 어려움 있어도
나비가 꽃을 찾아 날아들듯
그대 곁으로 다가 가리.

질경이 1

길섶에 뿌리내려
짓밟히고 찢겨 버림 받아도
온몸으로 참고 견디며 일어선다.

타는 목마름에
살을 맞대고 살아가는
민초들의 처절한 고통의 시간들

풀벌레 우는 칠흑의 밤
어둠 뚫고 치열하게 싹을 틔워
잃어버린 꿈을 찾으려 한다.

야멸친 구둣발에 짓밟히며
줄기가 부스러지고 으깨어져
혼신을 추스르지 못할 지라도

척박한 땅에 돋아나는 뿌리들은
끈질기게 목숨 걸고 돋아나
절망의 그늘에서 부활한다.

석류石榴

온몸에 햇살 스민 씨알이
수줍게 속살을 부둥켜안고
갈라진 입술 사이로 쏟아낸다.

수액을 마시고 빛을 삼켜
생명을 잉태할 때
내밀한 꿈을 펼치려는 듯

모성의 희열喜悅 이기지 못하고
오묘함을 간직한 채
만삭이 된 사랑의 씨알들

보석처럼 담겨진 알알이
황금 빛 색깔로 익어
싱그럽고 새콤한 맛

터실 늦 핀 여인의 순정처럼
굳게 다문 입을 열고
화사하게 균열하여 쏟아낸다.

고향의 달

티 없이 맑은 밤하늘
미루나무에 기어오른 달이
창문 틈으로 미소 짓는다.

활처럼 굽은 초승달은
텅 빈 마음 달래주고
서러움 감싸주는
어머니의 처연한 눈빛

쟁반같이 둥근달은
하늘과 땅 사이 가득 채워
메마른 가슴 달래주는
인자한 할머님의 얼굴

보아도 보이지 않고
들어도 들리지 않는
눈멀고 귀먹도록
가슴 사무치게 심은 사랑

먼 하늘 바라보며
점점이 흩어지는 구름 사이로
고향의 추억 묻혀들어
지울 수 없는 그리움 짙어진다.

그리운 밤에

침묵을 톱질하는
귀뚜라미 소리에
가을이 흐른다

잠 못 이루는 밤
기억 속에서 살아오는
해맑은 얼굴

추억으로 묻어오는
고운 목소리
속삭이듯 차오르고

못 견디게 그리워
떠도는 허공 속
불러보는 그 이름

잃어버린 시간 속에
수없이 되새겨도

가시지 않는 갈증

얼룩진 흔적 씻어내어
그대 있는 곳으로
내 마음 보내 드리리.

저무는 창가에서

창밖에 떨어지는 단풍은
빛바랜 세월을 털고
침묵 속으로 잠들어 간다.

주룩주룩 가을비 내리는 거리
젖은 잎처럼 물든 가슴에
외로움 가득 차오르고

차가운 바람 스칠 때마다
온갖 나무들은 숨을 죽여
아름답게 젖은 색동옷마저
대지에 홀홀 벗어 던진다.

붉게 타는 태양의 황홀함이
마지막 빛을 장식하며
어둠 속으로 사라질 때

낙엽은 차곡차곡 쌓이고
저무는 산 그림자 따라
소리 없는 비명을 지른다.

겨울 바다

일상의 그늘을 벗어나
겨울 바닷가를 거닐면
기분 좋은 만남이 시작된다.

한여름 북적대던 모래판에
눈이 겹겹이 쌓이고
갈매기만 허공을 쓸쓸히 날며

남아 있는 건
빈 조개껍질 같은
늙은 어부의 가슴

밀려오는 파도가 갯바위에 부딪쳐
하얀 포말로 솟구치면
출렁이는 봄을 기다리며
운명 속에 고통을 씻어 내린다

청죽靑竹 1

하늘 우러러 사시사철
푸른빛으로 산다.

삭풍이 불어와도
꺾이지 않는 초록으로
지절志節을 지키며
올곧게 살아가고

세상이 혼미昏迷해져
소용돌이치고 비틀거려도
욕심을 모두 떨쳐버리고
빈 마음으로 산다..

청보리

차가운 흙 속에 뿌리 뻗고
한 줄기 빛을 향해
끈기로 살아가는
푸른 잎들이 손을 내민다.

얼어붙은 땅에
눈보라가 몰아쳐도
언 몸을 일으켜 세우며
참담하게 살아온 날들,

생명이 계속되는 동안
밟히면 밟힐수록
한 서린 마음 달래고
억척스럽게 일어서며

절망의 한 끝을 잡고
썩어지는 육신 위해
푸른 하늘 열릴 때까지
서로 손을 잡고 살아가리.

굽은 소나무

깎아지른 산마루턱에서
빈 마음으로 하늘을 바라보며
푸른빛 잃지 않고 향기를 뿜어낸다.

굽은 소나무 선산 지키듯이
비가 쏟아지고 바람 불며
눈보라가 세차게 휘몰라 쳐도
지조를 지키며 살아온 삶

파고드는 그리움 안고
이제 새우등처럼 허리가 굽어
마음 한편에 촉촉이 적셔드는
깊은 사연을 지닌 채

석양에 긴 그림자 드리운 길
사그라지는 노을 빛 아래
쓸쓸히 고향을 지키며
아쉬운 세월 안고 황혼에 젖는다.

제2부 인연

인연因緣 2

한 자락 바람에 실려 온
라일락 향기처럼
하늘의 지순한 섭리 따라
사랑을 맺어준 부부夫婦인연

실타래 질긴 끈
세월의 한쪽을 베어 물고
자욱이 피어오르는 안개 속에
살아온 애증愛憎의 세월

못다 이룬 소망의 꽃 피우기 위해
맑고 투명하게 마음을 열고
석경石鏡의 화신化身처럼
소중한 삶 가꾸어 가리.

기다리는 집

나의 꿈은
지친 인생길에서
기다리는 집이 되려네.

꽃이 핀 언덕
향기가 무르익고
소담하게 정돈되어

어느 때든
누군가 오기를 기다리며
정겹고 넉넉하게
미소를 머금은 집

입술 그윽이
다정하게 소곤거리며
맑고 달콤한 꿈으로
지친 몸 쉬게 하는 집

헐벗고 상처 입은 자
사랑으로 안아주며
기다리는 집이 되려네.

내 마음

봄이 오면 언제나
내 마음은 꽃바람
구름 따라 먼 길을 가네.

산 넘어 깊은 산골
아직도 남아 있는
잔설을 녹이기도하고

맑은 날이면
꽃동산에 올라
화사한 미소 머금은 채

송이마다 피어오르는
꽃잎을 어루만지며
사랑의 밀어를 남기고

오가는 길 따라
저 멀리 멀리
구름처럼 흘러 흘러가네.

아침 기도

이른 아침
대나무처럼 푸르고 올곧은
한 그루의 나무가 되어
주님께 기도를 올립니다.

새벽에 찬란하게 떠오르는
축복의 햇살을 비추어
아름다운 열매를 맺을 수 있도록
비옥肥沃한 시간을 가꾸게 하소서.

당신으로 인하여
세월이 멈춤 없이 흐르고
인생도 순간이었음을 알기에
하늘을 우러러
아무 말도 하지 않으렵니다.

저의 작은 허물이라도
은혜로이 어루만져주시고

바라볼 수 있는 눈을 뜨게 하시어
방심의 틈을 비집고 들어오는
유혹으로부터 지켜주소서.

하루가 천년이고
천년이 하루이신 당신이여!
사위어가는 시간 속에
한줌의 재로 남을 때까지
변함없이 기도를 올리럽니다.

아침 이슬

밤사이 빚어진 옥구슬은
미립자로 허공을 배회하다
풀잎에 초롱초롱 머물다 가네.

밝아오는 영롱한 아침
햇살이 이슬에 비치던 순간
진주처럼 눈부시게 반짝이지만

고승의 다비식 끝에
흩어지는 구름처럼 유골 한줌
모두 그렇게 짧은 인생으로
재가 되어 흩어지듯이

풀숲에 매달린 이슬방울은
옥구슬처럼 온갖 사념을 태워
영혼의 빛으로 승천하네.

하늘

이른 아침 창을 열면
멀리서 여릿여릿 다가오는
하늘이 대지를 깨우네.
창망한 모습으로 찾아와
내 안을 구석구석
자연의 숨결로 채울 무렵
활활 타오르는 단풍 길.
나무 가지 사이로
내리쪼이는 햇볕에
살포시 묻어오는 생기가
가슴깊이 파고드는 듯
능금처럼 익는 마음.
때로는 뿌연 입자들이
구름처럼 너울너울
허공 떠돌다 하강할 때면
눈이 시린 하늘을
우러르고 우러르네.

도시의 밤

산과 들을 따라
정맥처럼 뻗어가는 전력선은
평행선 구비 구비 여울져
불야성을 이룬다.

빛 고운 노을에 묻혀들어
어둠 깔린 창밖으로
봇물처럼 고인 외로움
마음마저 얼어붙은 밤.

잔별이 조는 듯 떠있는데
문명이 배설하는
휘황찬란한 네온 등불이
지상을 곱게 수놓지만.

밤이 깊어갈수록
헝클어진 영혼의 자락
번뇌煩惱 씻지 못한 채
불빛만 하나 둘 꺼진다.

강변연가

강물이 굽이굽이 흘러
바다를 이루고
생명의 빛을 모으듯이

이룰 수 없는 두 마음
하나 되어 흐르면
얼마나 좋을까.

무거운 마음 내려놓고
생각 한번 바꾸면
강물처럼 하나로 되는 걸······

항아리

양지바른 담 밑 장독 위에서
푸른 하늘 우러러 숨쉬며
미소 짓는 소박한 여인상.
둥근 허리에 살결은 그리 고와
옷깃 여민 어머니의 모습으로
새 생명을 잉태하는 날
반짝이는 별을 풀어 담고
계절 따라 바람 따라
눈부시게 고운 햇살을 모아
구수한 장맛으로 곰삭히며
몸속에 태아를 키우는 동안
고통을 참아내는 소부少婦의
굵고 둥근 허리가 풍성해 보이듯
관조의 삶 속에 뿌리 내려
천년의 긴 침묵을 지키는
정한情恨의 조선 여인이여!

청자青瓷

차분한 누님처럼
해맑은 비취옥색 바탕에
청록의 상감학문매병象嵌鶴文梅甁.
지층에 묻혀 침묵하는 점토가
도공의 섬세한 손끝에서
새롭게 태어난 고려청자기
가마 가득히 일렁이며
터질듯 활활 타오르는 불길 속에서
맵시 좋은 도공의 정성이
불 지짐 속 깊숙이 스미어들고
오랜 기간 연마되어
여인의 살결처럼 화사하게
태어난 토기의 귀재鬼才로
움직이는 생명체인 듯
온몸에 체온이 돌고 맥이 뛰는
영혼의 빛 천년의 신비여.

목공소에서

날카로운 기계 톱날이
원목의 심장을 통과할 때
하얀 널빤지가 태어나네.

한동안 멈춰선 나이테는
짙은 향내음을 뿜어
사방으로 흩어지고

빛바랜 세상 호젓이 살다
무늬 결 선명하게 다듬는
목쉰 소리 허공을 찌르며

세월 속 굵어진 마디마다
깊게 쌓인 욕망까지도
엷고 보드랍게 깎아내려

파란 멍울 쌓인 상처를
오묘한 손끝으로 연마하여
태어난 새 생명 눈부시네.

술

절망에 잡혀 살다가
탈출구를 찾아 자작을 하면
하늘이 빙빙 돌데 그려.

한 잔은 백약의 으뜸이요
열 잔은 만병의 뿌리라는데
술을 한 모금 두 모금
텅 빈 가슴에 채우면

고였던 설움도 번뇌도 날아가
한 자락 남루襤褸를 걸치고
툇마루에 쓰러져 잠든 사이

시간은 흐르고
휘파람 공허한 술병 속으로
노을이 활활 타오르네.

차茶와의 만남

남모르게 초초해질 때
따뜻한 차를 마시면
마음의 문이 열리네.

잔에 담긴 은은한 향기로
몸이 사르르 녹아
정신이 맑아지고 편안해지며

하얀 입김 피어나듯
가슴으로 스며든 체취처럼
조용히 차오르는 포근함,

촉촉이 적셔오는 한 잔의 차가
그윽한 향기로 피어올라
빈 가슴에 선풍을 부르네.

아기 꽃신

태어날 때 사온 딸아이 꽃신
색종이에 곱게 쌓인 채
여유로운 눈길을 주네요.
어미 등에 업혀 살다가
첫돌에 꽃잎처럼 보드라운 발로
아장아장 걸음마를 하더니
생후 두 번째 할머니 생신날
신발과 동반자가 되어
앞서거니 뒤서거니 하면서
횡단보도에선 질서를 배우고
삶 속에 지혜를 짜내기도 하며
세월의 숨결을 느끼는 동안
고달픈 일상 말없이 보듬고 견뎌
회색빛 거리를 떠돌아다닐 때
찍어놓은 많은 흔적들……
이제 밑창이 반질반질하지만
속박의 굴레를 벗어난 듯
편안하게 미소 짓고 있네요.

동행同行 1

외로움 스며들 때면
마음 한 자락 열고
풀잎 가지런한 꽃길을 걷네.

바람에 스치듯 인연이 닿으면
사랑도 미움도 한데 어울려
한 떨기 꽃처럼 피어나듯이,

빈 가슴 채울 때까지
이야기 속에 반짝이는 별처럼
새록새록 살아나는 사연들,

다독여주는 손길이
얼어붙은 마음 사르르 녹여
가슴깊이 따뜻함이 스미네.

어머니

흙에 꿈을 심어 싹 틔우고
되돌아볼 겨를 없이 품어안아
곡식을 거두어들이며 살아온 나날

맑고 고운 육신 헐어
하늘처럼 파란 마음으로
자식에게 내리던 은혜의 단비는

마른 곳 적시고 깊은 곳 채우느라
응어리진 슬픔 토해내지 못한 채
밭고랑에 묻어 삭히던 당신

곱던 얼굴 푸석푸석해지고
깊이 파인 이마의 주름살이
멍울져 번뇌의 골이 된 듯

이제 황혼의 짙은 그림자에 가려
순풍에 날아갈 듯 야위고
밭이랑에 지문만 가득하네.

개펄 정경

먼 여정에서 돌아온 바닷물
온 몸을 눕혀 뒤척이고
지친 개펄을 구석구석 핥으며
사라져 숨 쉬는 은빛 벌판 위에

양동이를 들은 아낙들이
밀짚모자를 눌러쓴 채
해조류를 건져 내고
바위에서 굴을 채취하네.

잠시도 쉴 새 없이
망태기에 바다를 담는
여인들의 이마에서
지천으로 피어난 소금 꽃,

지친 영혼까지 어루만져
흰 순간 새 옷으로 갈아입히면
꽃노을에 물든 수평선
하늘 가득 황홀해지네.

임종

설움 쌓인 캄캄한 밤에
문득 바라본 사진 속에 담긴 얼굴,
깊이 잠든 당신을 깨우고 싶네요.

칠남매 뒷바라지 위해
힘겹게 사시던 지난 세월
아버지의 일생은 분명 겨울이었네.

자식의 손을 잡고 어루만지며
살아갈 길 가르쳐 주시던
한 순간 순간이 얼마나 소중했는가.

농사와 목공일에 구슬처럼 꿰진 육신
지치고 병이 들어 앓으시더니
그해 가을 낙엽 지던 날,

억장 무너지는 슬픔 지닌 채
홀로 떠나는 먼 길

바람에 밀리는 조각구름처럼
마지막 삶을 마치려고

천지 사방에 흐트러진 마음 모은 듯
서울 간 영이 왔느냐 한마디 남기고
꿈처럼 영영 눈을 감으셨네.

폐차

이 거리 저 골목길을
떠돌아다니던 자동차
그르렁 그르렁거리다가
속도를 잃고 주저앉는다.

혼자서 떠돌던 먼 길
가속 페달과 브레이크를
얼마나 많이 번갈아 밟으며
위험수위를 넘었던가.

앞만 보고 달려온 세월
황혼 빛 기우는 노을 따라
언젠가 한번은 가야 할 길
속도의 덫에서 풀리던 날

박동 좋은 장기는 내어주고
처참하게 생의 투구 벗어
안식의 날을 기다린다.

봄이 오면

봄은 어머니
길목마다 따사로운 햇살이
겨울의 흔적을 털어낸다.

아직 쌀쌀한 기운 남아있지만
골짜기마다 새록새록
속삭이듯 흐르는 물소리에
잠에서 깨어나는 생명들

넉넉한 소부의 몸에서
새로운 세상을 향해 꿈을 키우던
아기가 소리치며 태어나듯
훈훈한 소망 차오르고

적막한 어둠 속에서
창백하게 얼룩진 흔적 씻어
연둣빛으로 새 단장한다.

독도獨島

국토의 동쪽 끝 바다에
우뚝 솟아있는 동서 형제바위는
나라 지키는 민족의 방패.
무섭게 밀려오는 파도와
비바람에 깎이고 갈리어도
동해를 수호하는 투사鬪士요
늠름한 기백으로 서있는
우리의 핏줄 백의민족의 남아
하늘은 청자 빛으로 감돌고
바다 속엔 울긋불긋 산호초,
다양한 물고기와 해조류가
화려한 빛깔로 수놓는
천혜天惠의 보고요 해녀의 대합실
별빛 반짝이는 캄캄한 밤에
은빛 날개 번쩍이는 수평선 위
선혈로 물든 파수꾼이요
이 땅의 새벽을 여는 전령사.

해바라기 1

흰칠한 키에 꾸임 없는 얼굴로
온 종일 해만 바라봅니다.

주님의 은총으로 살아온 날들
고단했던 하루 가슴에 묻어
낮은 소리로 기도합니다.

아른거리는 기억 속에
새롭기만 한 감사와 찬미

그윽한 아침 황홀하게
하얀 물보라에 입 맞출 때
설레는 가슴으로
하늘의 음성에 귀 기울이며

얼룩진 흔적 향기로 씻어
고운 웃음 피어낸 당신 앞에
두 손 모아 무릎 꿇으렵니다.

가로등

구름은 석양에 잠들고
어슴푸레한 불빛이
밤의 적막을 가른다.

그대 어둠을 비추는 등불
떨리는 몸으로 홀로서서
큰 눈으로 길목을 밝히고
머리 위로 흐르는 불빛은
그림자 하나하나 새겨주며
물 어린 눈에 새긴 청사초롱
내 곁 틈사이로
흐르는 싸늘한 바람 소리는
보이지 않는 허무 뿐
화려하던 하늘은 어디로 가고
흩어지는 불빛에
걷잡을 수 없는 외로움으로
퇴근길이 스산하다.

선율旋律

새벽녘 어둠을 흔들어 깨우면
안개비 내리어 초목을 적시고
스쳐가는 하얀 조각구름 따라
생동하는 자연의 질서가 열린다.

녹음 스치는 바람결의 속삭임
숲 속을 메우는 새들의 지저귐
줄기차게 흐르는 개울물소리
암벽에서 떨어지는 폭포의 울림
쉼 없이 일렁이는 파도 소리

이처럼 살아 숨쉬는 자연 속에
늘 감미롭게 울리는 선율
가슴에서 가슴으로 드리워져
소용돌이치는 세월 속에
상처를 씻어 내고 희망을 채운다.

제3부 먼 산

먼 산 1

구름을 벗어난 먼 산은
참선하여 해탈하려는 고승처럼
초연히 좌선을 하는 중이라네

고요 속에 침묵하며
법열法悅의 깊은 이치를 깨달아
도량이 넓고 맑게 일깨우는 듯

누구에게나 열려진 공간
스며든 해를 가슴에 안은 채
목마른 이에게 감로수가 되고

아픔의 세월 번뇌에 찌든 육신처럼
영혼의 꽃잎 피울 수 있도록
언제나 유유자적悠悠自適하는 걸

멀리 있이도 누구에게나
너그럽고 자혜로움 가득히
묵언수행黙言修行중이라네

여름 산

울창한 여름 산을 오르면
나뭇가지 사이로 뭉게구름 떠돌고
윤기 흐르는 바람 품에 안기네.

줄기줄기 흐르는 계곡을 따라
나뭇잎은 잎끼리 애무를 하고
산 여울 스쳐 내리는 맑은 물과
산새들의 우짖는 합창소리

하늘이 무너지는 아픔 있어도
무성한 녹음의 파도를 타고
어둠 헤쳐 숲 속을 거닐면
수정처럼 깨끗이 씻기는 번뇌

어머니 품안같이 포근하고
고향의 안방처럼 아늑하여
흐트러진 마음 한데 아우르네.

초록바다

1.
하얀 백사장을 따라
푸른 공간 속에 펼쳐지는
싱그러운 해조음.

햇빛 찬란하게 쏟아지며
멀리 뻗어나간 해안선을 타고
보내온 푸르름의 손짓.

어머니의 넓고 깊은 품속처럼
얼마나 많은 아픔과 상처를
보듬고 고뇌하는가.

2.
깊숙이 감춰둔 붉은 햇덩어리
황금 옷 갈아입고
어둠을 태우며 떠오르는데

새벽부터
밤새워 조업하던 갑판 위엔
갈매기 떼 동심원을 그리네.

3.

파도가 출렁일 때마다
하늘도 땅도 삼킬 듯
울부짖으며 하얗게 부서지는 포말

슬픔도 눈물도 깨어지듯
쓰러지고 일어서는 현란한 반전

4.

항해하다 멍든 가슴 쓰다듬고
인생 고해苦海 헐떡이며
바다를 보글보글 끓여
안주삼아 술을 마시는 선원들.

달콤한 한 잔의 술로
피곤한 하루를 달래며
취해버린 선홍빛 하늘은

메이는 가슴 품에 안고
삶의 격정을 쏟아내며
수평선 너머로 사라지네.

청죽靑竹 2

텅 빈 마디마다
피맺힌 아픔 괴어도 마음 다스려
꺾이지 않고 올곧게 살아가는
그대는 성스러운 현자賢者.

무상한 시간의 흐름 속에
쫓기듯 내리는 빈 마음
잡을 길 없어
푸른 하늘을 우러르고,

담양의 지곡 언저리
메마른 땅에 질긴 뿌리 내려
역정歷程의 소용돌이에서 일어선
의리와 지절志節의 표상이여!

비바람 불고 눈보라 치며
세상이 혼탁하게 흘러가도
허리 굽히지 않는 강인한 정신으로
어둠 사르며 올곧게 사네.

단풍丹楓

추색이 번지는 가을 산에서
나뭇잎은 광합성을 끝내고
온몸을 불 질러 활활 태우네.

생명의 극점에서
육신의 빗장을 풀어
형형색색 오색 빛으로 장식하듯
부활의 휘장을 나부끼며.

물 흐르듯 가는 세월
미지의 꿈을 꾸며 오가는 길손들
언젠가 인생도 낙엽처럼
흙에서 고이 잠드는 것을……

뭇 사념思念의 바람처럼
눈부시게 스치고 떠나가는
가슴 속엔 노을이 지네.

구두

새로 구입한
구두 뒤축이 길에 쓸리고
반듯하게 닳지 않고 비스듬해져
길들이기를 해가네.

아무리 발끝을 모아 걸어도
언제 풀렸는지 모르게
밖으로 튕겨 나가
한쪽으로 비스듬한 것을……

질곡 없는 삶 어디 있으랴
살아가며 후회 많은 날들
삶의 중심이 기울어져가고
깜짝할 사이 흐르는 세월

골반이 기울면 기울수록
뼈가 사근거리다 주저앉은 듯
낡은 뒤축과 밑창이 어긋난 채
저녁노을처럼 기울어가네.

물이 흐르듯

낮은 곳으로 물이 흐르듯
투명하게 휘돌아 가
목마른 자에게 생명수 주리.

찌들고 더러운 잔해들을
깨끗이 씻어 내리며
점점 낮은 곳으로 임하리.

한없이 흐르다 바다에 모여
물의 생리에 맞게
삶을 뒤돌아보며 살아가리.

마음 비우기

한 생애 애써 살아오며
저지러진 부끄러운 과실들을
부담 없이 벗겨 내련다.

화려한 옷으로 가려진
욕심과 증오, 시기와 질투
찌꺼기들을 버리고

강물이 제 몸을 던져
낮은 곳으로 흘러 내려가
푸른 바다를 이루듯

응어리진 삶 말없이 삭혀
한줌 부끄럼 없는 하늘처럼
투명하게 비우련다.

마중물

어머니는 마중물이었다.
자식들 낳아 잘 키우시고
가르치는 일에 언제나 앞장서는
헌신의 생활이었다.

학교 갔다 올 시간이 되면
정류장에 마중을 나오고
분가 후 고향을 방문할 때마다
먼저 나와 기다리던 나날들.

우물물을 퍼 올리기 위해
펌프에 먼저 물 한 바가지를 붓고
땅속 깊이 흐르는 많은 물을
끌어 올려 생활수로 사용하듯

숭고한 희생만을 해온 어머니
자식들에게 쏟은 은혜에
보답할 길 없어 숙연해 진다.
남은 생애에 축복 있기를……

詩를 짓는 마음

詩를 지을 때에는
먼저 일상의 무거운 마음들을
잔잔하게 가다듬고
맑은 정신을 끌어들인다.

인정 많은 이웃의 모닥불처럼
읽는 사람에게
감동과 즐거움을 줄 수 있는
가슴 속에 끈적끈적한
생각들을 담아서

사랑을 느낄 줄 아는
깊은 눈의 시
정겹고 푸짐하며 편안한 시
더운 김이 모락모락 피어오르고
높은 환상의 세계를
나르게도 하지만

기쁨과 절망 그리고
외로움 사이에서 태어난
혼이여 생각의 여울이 깃들여

창조의 질서 안에서
떫은 언어들은 솎아내고
맑은 생명력 있는
시어들로 엮어 시詩를 짓는다.

시어詩語

끊임없이 타오르고
가슴에서 꺼질듯 꺼지지 않는
시인의 보석 같은 불꽃

꿈틀꿈틀 이글거리며
아침 해가 솟구치는 순간처럼
기운을 둥둥 띄운다.

영혼의 강물을 뛰어넘어
인고의 세월을 견디며
아픔에서 꽃처럼 피어나듯

눈부신 기개를 발휘하여
흥기를 일으키는 예술의 생명
살아 숨 쉬는 혼불이여!

매화우梅花雨

허공에 수를 놓으며
꽃비 내리던 날 울며 떠난 임
애써 갈무리하는 이별의 아픔

고달픈 인생여정
찬바람 세찬 등줄기에
길고도 험한 고난의 세월이었네.

하염없이 흐르는 눈물로
울긋불긋 떨어지는 꽃비가
내 마음 더 아프게 하지만

구름 흘러가 듯 살아온 삶
우수수 떨어지는 꽃잎 흙에 안기듯
세월이 한 순간에 쏟아지네.

북악성벽

고색古色이 창연蒼然한
무너진 성벽城壁에
찬란했던 역사의 숨결
호국의 혼으로 피어 흐른다.

잠에서 깨어난 사월
시구문屍口門*을 들어가니
시체는 간데없고
덩굴손만 무성한데

무상한 세월에 쓸려
한 서린 민초들의 넋은
이끼로 석화石花되어
군상群像을 이루고

옛 선인先人의 흔적은
천년 잠들어 짙붉게 타

예혼藝魂으로 용트림하며
동북을 영원히 밝히리.

* 시구문屍口門 : 성안에서 사람이 죽으면 도성 안으로 죽은 시신이 들어
갈 수 없는 법에 따라 성 밖으로 시신을 운반하던 죽은 자의 통로이다.

물안개

여명이 터오는 아침
옥정호 위로 자욱이 떠오르는
물안개로 내 마음 황홀해진다.

화려한 무도회가 열리 듯
아련한 모습으로 너울너울 춤추며
솜털같이 떠오르는 물보라

손끝에 너울거리는 하얀 빛
밤새 삭히지 못한 응어리 한 줌
나래 치며 춤추는 것일까.

춤사위가 끝난 이 시간에도
잊지 못할 한 조각의 추억으로
기억 속에 아련히 피어오른다.

달맞이꽃

낮 익은 모습으로 어둠 헤치며
점점이 떠오른 둥근 달
언제나 우러러 뵈옵지만
나에게서 너무 멀리 계신 당신

밤마다 그리운 님 생각에
해맑은 얼굴로 옷고름 말아 쥐고
속삭이듯 달을 보고 손짓하며
단심으로 고백하는 모습

달뜨는 밤이면
열정에 취한 가슴 숨길 수 없이
활짝 핀 웃음으로 밤을 새워
강강술래 꽃 춤을 추네.

찔레꽃

고향땅 동산에 오르는 길
눈부시게 환한 그대 얼굴에는
은백의 미소를 피우네.

가시덩굴에 찔릴세라
작은 날개로 가슴 조여 오는데
하얀 등불 밝혀준 그대여.

남몰래 사무치는 그리움
순정은 향기로 연정은 꽃으로 피어
아름다운 은빛 향기 그윽하네.

당신께서 정갈하게
웃음 지으며 흩날리는 하얀 꽃
온유한 생명의 연정이여.

여름밤 1

고향의 한여름 밤
앞마당에 멍석 깔아 놓고
쑥 향 번지는 모깃불 퍼놓으면
하늘에 별들이 소곤거렸네.

우물 속에 넣어둔 수박을
오순도순 나누어 먹을 때
초가지붕에 곱게 핀 박꽃이
달빛과 입 맞추며 은빛 발하고

계곡의 옹달샘에서는
피었던 꽃망울 태우며
떠들썩한 아낙들의 목욕물소리
한기를 느끼게 하는데.

고개 내민 초생달이
구름과 숨바꼭질할 때
개천 따라 반딧불 흘러가며
전설의 밤은 깊어만 갔네.

초가집

귀뚜라미 울음소리에
갈바람이 솔밭으로 날며
산 메아리 맴돌다 내려앉은
볏짚으로 엮어 단장한 집

햇살 받은 용마루 번득이고
조롱박이 오롱조롱 영글며
생솔가지 연기 품어
저녁 하늘 한 폭의 그림

산허리에 초승달 생긋 웃고
냇가에 개구리 산에는 뻐꾸기
너른 마당에서 술래 잡으며
파란 소망 피어오르는 집

만종晩鐘소리

가슴 속으로 울려오는
조용한 성당의 종소리에
작은 손을 합장한다.

귀가하는 대열 속에
거친 얼굴 흙 묻은 어깨위에
아름답게 내리는 노을빛

인생의 의미 있는 저녁
후회도 안타까움도 없이
하루를 마무리하며

태워버린 가슴을
세심천洗心川에 헹구며
소망의 기도를 올린다.

풍경소리

구름 한 점 없는 하늘
산 너머 멀리 피안교 지나서
실바람이 부딪치며 속삭이네.

희미한 저 먼 산에서
그윽하게 뎅그렁 울려 퍼지며
물 흐르듯 구름 떠돌듯

오랜 세월 때 묻지 않은
해탈의 법문처럼
바람 타고 오는 선禪의 소리

밤은 깊어만 가는데
두둥실 들려오는 그 소리에
내 영혼이 부화하는가.

행복의 파랑새

밤하늘 반짝이는 별빛처럼
끝없이 스미는 눈빛이
몹시 그리운 날

칠흑 같은 어둠 속에
풍랑의 몸짓으로 다가와
내 마음 행여 잊힐까봐

소망의 나래를 펴고
하늘가 닿을 듯 미소를 머금으며
그대 가슴에 젖어들면

향기롭게 속삭이는 얼굴엔
연분홍 꽃잎이 곱게 피어올라
행복의 파랑새 되네.

독백白獨

앞만 보고 달려오다 뒤 돌아보니
무한경쟁無限競爭의 높은 벽
태산처럼 보기만 해도 어지럽고
어깨의 짐 너무 무거웠네.

시詩는 나의 새로운 희망
더러 혹자는 허접하다 말하며
고루한 말이라 핀잔을 줄지 몰라도
나는 어디서나 하고 싶은 말……

무심코 떠오르는 영감靈感은
사고思考가 마음속에 자리 잡히고
그것을 밖으로 끄집어 낼 때
뇌腦에 생각들이 자리 잡혀
표현表現이 되고 시詩가 될지니.

발끝까지 저린 새빨간 그 아픔
한 가지씩 하늘에다 묻고

이제 남은 시간 한 걸음씩 쉬엄쉬엄
좋은 시詩 한 편 남기고 가려네.

외딴집

고즈넉한 강변에
자리 잡은 아담한 작은 집에서
살고 있는 할아버지 부부

집을 에워싼 울타리에
복사꽃이 만발하고 둑 아래엔
모래가 번쩍 빛나네.

연어가 회귀回歸하는 계절
건강한 어미와 아비로 성장해
돌아오는 아들딸 기다리며

하늘엔 흰 구름 떠가고
어둠을 쫓는 눈부시게 밝은 빛
마냥 행복해 하는 노부부.

시심詩心

시詩는 선禪의 세계로
순수한 마음속에 내재해 있는
상상의 나래를 편다.

삶의 맑은 거울인양
은은하게 채색된 수채화처럼
감동을 선사한다.

쓰라린 고통보다
더욱 심한 진통을 통해 얻은
호수처럼 맑은 마음

자연의 참모습 터득해
아름다움을 발견하는 지성이며
톡톡 튀어 오르는 생각……

제4부 봄의 서곡

봄의 서곡

봄비가 대지를 적시면
동장군을 딛고 깊이 잠든 영혼
기나긴 잠에서 깨어나네.

산봉우리 잔설이 녹아내려
계곡의 물소리에 앙상했던 나무는
수맥을 열어 물을 올리고

새록새록 잎이 돋아나
쓸쓸히 텅 빈 가슴 일으키며
눈부신 꽃물로 번지네.

햇살 가득 눈빛 따라
기지개 켜며 봄이 오는 길목
내 마음도 기지개를 켜네.

물방울

보석같이 빛나는 방울마다
촉각을 세운 채
투명하게 구르는 울림.

발목 잡던 제 그늘을 털며
부끄러움도 허물어 버리고
맨살로 길에 누워 물줄기 되고

여울 타며 놀던 버들치와
쉬리는 어느 돌 틈에서 꿈꾸는지
얼음 깨는 소리만 들릴 뿐……

돌 틈 사이의 물방울이
우주의 싱그러운 천체처럼
알몸으로 햇빛에 안기네.

범종

이른 새벽 산사山寺에서
여명을 뚫고 은은하게 들리는
청아한 범종梵鐘소리

스스로 부서지듯
누구에게나 극락왕생하라
맑고 깊은 한줄기 바람 되네.

젖은 가슴 파고들며
영혼을 깨우는 깊은 소리로
긴 여운 남기며 울려오네.

빈집

빛바랜 초가집마당
풍만한 계절 홀로 지키는 감나무
넓은 땅에 잡초만 무성하데

노을 속에 어우르는
홍시가 주렁주렁한 잔치마당
까치들이 주객이네.

잘 익은 감 한입 베어 물면
환한 등불이 켜진 듯
홍시가 하늘을 수놓는데

화사했던 세월은 가고
까치에게 마음 놓고 쪼아 먹혀
황량해가는 칠덕수七德樹*

* 칠덕수七德水 : 감나무의 다른 이름이며 ① 수명이 길고 ② 그늘이 짙고
③ 단풍이 아름답고 ④ 감이 맛이 있고 ⑤ 잎이 훌륭한 거름 되며 ⑥ 새
가 둥지를 틀지 않고 ⑦ 벌레가 생기지 않는 일곱 가지 덕이 있다는 뜻으
로 붙여진 이름임.

눈꽃

탐욕과 번뇌를 털고
휘어 넘은 설악의 산장에
밤새 눈꽃이 쌓였네.

산천은 은화로 반짝이며
한바탕 벌어지는 춤사위
가슴에도 교향악이 울려 퍼지네.

눈부신 꽃송이들도
기적처럼 흔적 없이 사라지는
황홀한 몸부림인 것을.

투명하게 열리는 순결
가슴에 피어나는 하얀 꽃으로
설원 속에 포근히 안기네.

다듬이소리

백년 된 물푸레나무 방망이로
주름지고 뒤틀린 시간을 두들기는
어머니와 누나의 다듬이 소리.

창틈에 쏟아지는 달빛이 가득하고
긴긴 설움은 하나로 방울져
또닥 또닥이는 여인의 정겨운 소리.

정성껏 건반에 오르는 음계들
물무늬 일렁이는 옥양목 위에
연두빛 날개로 활활 날아오르네.

개심사 왕벚꽃

향기어린 오월 고즈넉한
상왕산 개심사開心寺 대웅보전 앞
왕벚꽃이 중생을 반긴다.

아침 이슬 살포시 눈을 뜨고
법당 안에 초연히 앉아
老스님의 무심無心한 목탁소리
숲속으로 여울지며

봄소식을 몰고 온 비비새는
멍울진 벚꽃 가지 끝을 흔들며
감미롭게 봄노래를 부르는데

끝없는 번뇌를 자르려고
흐드러지게 핀 벚꽃이
방긋 웃으며 마음을 활짝 연다.

망향가

춘풍이 수목을 빗질하고
구름 없는 밤 떠오르는 달이
나뭇가지에 노닐던 곳

밤이면 밤마다
도란도란 나누는 이야기
배꽃 하얗게 넋 놓고 웃는
모습에 취하는데

뻐꾹 뻐꾹
뻐꾹새가 망향가를 부르고
술에 취하여 별을 보고
골목에 스러지며

조상 대대로
옹기종기 모여 살던 땅
소꿉친구 어디 가고
하늘만 높푸른가?

꽃비

꽃비가 내리네.
고달픈 인생 소용돌이에도
하염없이 꽃비가 내리네.

우수수 떨어지는 꽃비 속을
손잡고 거닐던 추억이
새록새록 돋아나네.

정을 쏟고 살아온 세상
종이배가 떠내려가듯
자꾸만 멀어져 가는 그대

애오라지 인생길에
떨어져 뒹구는 꽃잎처럼
미련 없이 닻을 내리네.

메밀꽃

자욱한 아침 안개 속에
초록의 양탄자 위
춤사위로 나래를 펼치네.

순백의 소금 꽃처럼
숨 트이도록 펼쳐진 설원같이
산허리에 가득 차오르고

밝은 달빛 어린 밤에
순박한 소녀 웃음 피어내듯
넓고 황홀한 밭에

순결한 마음에 끌려
타는 마음 한결 같은 소망
춤추는 은빛 사랑이여.

꽃 누리

흰 구름 둥둥둥 흘러가는
일산 호수공원에 울긋불긋 핀 꽃
싱그러운 꽃내음 향기롭네.
오색무지개 피어오르고
온 누리 은은한 꽃향기에 취해
많은 사람들이 즐거워하네.
꽃들의 국적이 다양하고
모양도 서로 다르게 피지만
색과 꽃향기는 다르지 않아
가슴까지 스며드네.
산야에 피는 야생화조차
끝없는 사랑으로 안은 푸른 숨결
너그럽게 살아가듯이
해마다 싱그러운 봄에
화사한 꽃들이 향기를 피우면
내 가슴 속에도 꽃이 피네.

인동초

먹구름 휘몰아치는 눈보라에
불굴의 의지로 온몸을 던져
시련을 이겨내며 살아가네.

아픔을 겪으면서도
고난과 역경이 끝없이 이어졌지만
하늘의 서기를 받아 안고 긴긴 날
꽃을 잉태하여 활짝 피었네.

마땅히 가야하는 길
향락도 아니고 슬픔도 아니며
저마다 오늘보다 나아지도록
노력하는 것이 인생이라고

세찬 눈보라에 꺾이지 않고
시련 속에 맑은 햇살 영원히
꽃을 피워 은은히 향기 피우네.

이장 移葬

기나긴 겨울잠을 깨우고
햇살 따라 봄이 오는 길목에
한식을 맞이하여 새 영혼의 쉼터를
마련하였으니 안식하소서!

제5~6대 조부를 모신
무덤으로 뿌리가 파고들어
파묘를 하고 화장을 하여
새로운 봉안 묘로 모셨습니다.

장구한 세월동안 누추한 자리에
불편하리라 생각하여
새로운 곳으로 이장하였으니
기도의 샘 속에 향기 느끼소서!

세월이 강물처럼 흘러가지만
높은 기개氣慨 쇠하시 않으시고
은은한 향기로 후손들의 가슴에
영원히 살아남아주소서!

추억의 집

개울가 풍경이 있는 초가집
푸르른 물감이 뚝뚝 떨어질듯이
밤이면 별들이 수를 놓네.

이른 봄 초가지붕 이엉 잇기 하면
정겨운 멋을 느끼게 하여
자연의 정취에 잘 어울리고

햇살이 가득 담긴 뜰엔
꽃이 울긋불긋 피어있으며
복슬강아지가 오수에 빠진 사이
어미닭이 흙을 헤집고 나래 펴면
병아리가 모이를 먹네.

회색 밭두렁과 들녘에
씨 뿌리고 땀 흘려 가꾸며
밤이 되면 은하수를 보고
푸른 꿈을 키우던 시절

나지막한 초가지붕에서
풋풋한 가족의 사랑이 여물고
옛정취가 아름답게 돋아나네.

아기천사

아버지의 기일 날
노을빛 미끄럼틀에서 나온
아기 천사를 보았네.

곱슬머리 아기 얼굴
젖먹이 제 눈으로
본적이 없는 할아버지를
빼어 닮을 수 있을까.

할아버지를 닮은
앙증스럽고 순결한 발이 예뻐
몰래 깨물고 싶네.

오묘한 혈육의 정으로
가슴 뭉클한 고동소리에
시린 가슴을 덮어주리.

아내

아내의 눈에는 내가 있고
내 가슴에 동경어린 마음 있어
나의 손을 잡아주며
내 뜰을 빛내주는 꽃이라네.

사는 게 힘들 때면
내 몸을 걱정해주고
아파 쓰러진 나를 일으켜 주며
모두 너그럽게 포용하네.

한평생 동행자로
서로의 꿈을 키워 가꾸도록
언제나 친절한
고향의 누이 같은 여인

가끔 사랑싸움하다가도
갈증을 풀어주고
진솔한 삶속에 메아리 되어
미소와 기쁨을 주네.

평행선

먼 길 달려왔지만
서로 합쳐진 적도 없고
헤어져본 적도 없네.

우리는 하나가 될 수 없고
둘이 되어 본적도 없이
나란히 가는 길인 걸

가끔이지만
숨찬 인생길처럼
지그재그 언덕길을 가며

혼자인 듯 혼자가 아닌
언제나 함께할 수 있는 길
즐겁게 동행하네.

연꽃

진흙 속에 발을 묻고
눅눅한 시궁창에 정좌하여
어둡고 혼탁한 세상 향해
자비로운 미소를 보내네.

호수처럼 푸르고 고요해서
그 속을 들여다보고 있으면
물안개가 지나간 자리에
이슬방울 굵게 맺고

티끌조차 고스란히 털어내어
수면 위로 꽃대를 세우고
오염된 세상에 맑은 빛 뿜으며
합장하듯 손을 모은 채

세상 아무리 험난하고
역겨운 일이 난무한다 해도
스스로 제 몸을 곧추세워
고결하게 미소를 짓네.

침묵의 강

고요한 아침의 강
가야할 길 해찰 부리지 않고
유유히 흘러가네.

무엇을 위해서
밖으로 얼음기둥을 세워두고
밤마다 채찍질을 했을까?

뜨겁게 사랑하지 못하고
시퍼렇게 날 세운 지난 날
되짚어 보니 허방다리였네.

오늘은 안개에 갇혀
한발 내 딛기도 어려워
이제 그만 허물려 하지만

두터운 얼음장 다 풀어 헤치고
잠잠히 속 깊은 물이 되어
강물로 흘러가라 하네.

비무장지대

태극기와 인공기가
선으로 나눈 공동경계구역에서
서로 키 재기를 한다.

대성리와 기장마을이 서로
두루미처럼 목을 길게 늘이고
숨바꼭질하는 아픔.

실눈을 뜨고
바보처럼 어리석은 눈으로
싸늘한 서리에 숨죽인 채
갈등으로 뒤덮인 듯

가느다란 목 길게 빼고
가슴에 소망 가득 차
심장이 멎을 듯 두근거린다.

꽃구름

내가 바람이라면
그대는 하얗게 피어오르는
내 사랑 꽃구름이네.

내가 살며시
바람을 불어주면
그대는 파란 하늘에
꽃잎을 수놓지요.

오대양 육대주를 누벼도
정착할 곳 없는 떠돌이
그리움의 화신으로
동행하면서

내가 그 꽃잎에
사랑의 입맞춤을 하면
수줍은 듯
마음의 행복을 그려주네.

구름 빵

파리 행 비행기 기내에서
석양을 창밖으로 바라보니
구름 빵을 만들고 있다.

이 공장의 주 생산은
솜사탕처럼 잘 부푸는 빵이고
금방 태양에 구워 내어
스멀스멀 김이 피어오른다.

손에 잡힐 듯 말듯
먹음직스러운 저 많은 빵을
누가 다 소비해왔을까?

구름의 이랑 속에서
만드는 빵은 둥글고 포근하며
마지막 안식처의 양식이리.

연탄

연탄은 인생길의 여정이네.

서민들의 시름을 태워
밤 낮 구들장을 따뜻하게 하고
시간이 다되면 승천하네.

아래불은 위의 십구공탄을
사랑으로 보듬고 감싸며
시뻘겋게 달군 후 서서히 열이 식어
하얗게 숨을 거두는데,

자식을 품어주고 젖을 주며
부모의 넓은 은덕과
깊은 보살핌으로 성장하듯

수천억년 땅속에 묻혀
세상에 나와 십구공탄이 되고
서민과 같이 살다가네.

조선 소나무 1

바위틈 사이에 어쩌다 뿌리내려
억세게 생명을 이어가고
눈보라와 해풍을 맞으며
바다의 초병인양 우뚝서있는가.

마디마디 고통의 세월
언제나 변함없는 청록의 솔향기
바람 따라 흘러내리듯

이슬과 빗물을 마시며
추운 겨울이면 고독을 삼키고
두꺼운 갑옷으로 무장하여
불사조같이 살아간다.

용의 형상 바위산에 우뚝 솟아
태풍과 눈보라가 몰아쳐도
미동도 없이 천공으로 오를 듯
역경속의 삶 아름다워라.

제5부 홍매화

홍매화紅梅花

이른 봄 지리산 화엄사
각황전 처마 끝 매화나무가
뾰족이 내민 귀여운 입술

겨우내 소중히 간직한
빨간 애심愛心으로
한 겹 두 겹 꽃망울을 열며
실눈 사이로 향기 피우네.

연지곤지 찍어 단장하고
분홍치마 저고리에
옷고름 날리는 여인처럼
아름답게 피어나는 홍매화

속세를 초월한 절개로
맑고 청아한 꽃향기를 피워
산사의 새벽을 깨우네.

동백꽃

고창 선운사의 동백꽃은
열 여업 붉은 누이 입술처럼
웃는 모습이 매력 넘치네.

누구를 기다리기에
아직 추위가 물러가지 않았는데
아침부터 웃음 지으며

찬연히 빛나는 꽃잎마다
새벽에 떠오르는 붉은 해 닮아
빙그레 미소 짓고 있는가.

기다리다 지쳐 떨어졌지만
시들지 않고 땅에 납작 엎드려
부활의 꿈을 꾸고 있는가.

복사꽃

치악산 자락의 농원에
가지마다 꽃이 흐드러지게 피면
내 가슴도 발그레 피어오르네.

연분홍 빛 사랑으로
설레는 마음에 향기를 담아
바람에 실려 그대에게 전하며

굽이굽이 휘돌아가는 길
꽃은 제자리에 얼비치지만
계곡 물에 반사하여 흘러가네.

임을 애타게 그리워하는
순박한 산골 아가씨의 모습처럼
볼수록 티 없이 맑아지네.

강마을

물안개 자욱한 강마을에는
복사꽃 향내음처럼
젊은 날의 추억이 살아
강으로 흘러 흘러가네.
연분홍 복사꽃잎이
초야의 꿈처럼 싱그러워지는 날
그 길을 걸어가면
아직도 못 다한 속삭임이 있다네.
햇빛이 품어 안던
꽃바람이 부는 강물에
외로운 초승달이 창밖에 들면
무수히 많은 별들이
강물 속으로 잠기고
강물이 보이는 언덕위에
연분홍 복사꽃이 강물에 피어
돌아서는 길목에서
발목을 애타게 잡아매네.

아침 이슬

하늘 드높은 가을밤
허공을 떠돌다가
풀잎마다 송알송알 맺힌 이슬
투명하고 영롱하네.

우주를 닮은 듯
목마름을 채워주는 차가운 순결
보석처럼 찬란하게 빛나는
초롱초롱 수정구슬

삶의 긴 여정 속에
인연으로 만나고 떠돌다가
변덕이 심한 날씨와 같이
한 순간 헤어지듯

태양이 비추는 동안
쓰라린 고통에 못 견디고
이슬방울 알알이 흔적 없이
우주로 승화하네.

겨울 소나타

바람이 빗질하는 하늘
진통 끝에 순산한 달덩이가
새털구름을 다리미질한다.

마음이 둥둥 떠다니는
어두컴컴한 산골마을에
별이 반짝이며 쏟아져 내리고

문명의 불빛들은
하늘의 별들과 교신하는 듯
공중으로 빛살을 퍼트려

산야의 침묵을 깨우느라
우거진 숲 넉넉한 어깨위로
교향곡을 깔아 놓는가?

변화무상한 선율이
지상에서 천상으로 흐르며
끝없이 울려 퍼진다.

양파

나의 인생은 껍질이었다.

단단하게 내부를 감싸고
황토색을 띄며 방어해야만 했던
인내심 있는 껍질이었다.

청소년 시절에는
적을 물리쳐야 하는 병사였고
아버지가 되어서는
삶의 스승이며 보호자였다.

벗겨도 겹겹이 쌓인 살
생명의 씨알을 감싸는 비경秘境
시간이 흐를수록 생기는 허물
그것이 인생인 걸

흘러가는 세월 속에서
지나칠 수 없는 현실과 미래
고독하고 외로운 존재……

조선소나무 2

수천 년 풍상을 겪으며
혹독한 설한雪寒과 폭풍에도
꿋꿋한 기개氣槪로 살아온 소나무

무참히도 짓밟혀
기울던 사직을 곧추 세우기 위해
고초苦楚를 얼마나 겪어야했던가.

일제치하에 온 몸을
갈기갈기 찢기고 부서지며
거친 억압에도 견뎌 내듯

강인한 생명력으로
흔들면 흔들수록 뿌리 깊게 내려
강인하게 살아 숨 쉬네.

주목朱木

태백산 장군봉 천제단에
늙은 주목이 칼바람 눈보라 속
수많은 상처는 옹이로 남긴 채
벌거숭이로 외롭게 서있네.

살아 천년 죽어 천년이라는
기이하면서 아름다운 모습으로
설원의 한겨울 변함없이
눈사람처럼 눈에 쌓인 채

푸르던 사랑은 흔적만 남아
바람과 눈보라의 한恨 때문인가
흰 구름 맑은 하늘 우러르며
아문 상처傷處 안아보네.

파도

저 멀리 아득한 수평선
하늘엔 흰 구름이 떠돌고
그리움에 쌓인 수평선으로
밀려오는 파도소리.

끈질기게 불어오는 바람
천둥번개로 폭우가 쏟아지며
눈보라가 휘몰아쳐도
불철주야 공연을 하네.

자연의 노래 소리는
태고부터 신의 섭리에 따라
슬픔과 기쁨의 한풀이처럼
연주하는 오케스트라.

고향집

햇살은 한가롭게 넘나들고
간장독에 둥둥 떠도는 구름

초가집 감나무아래 장독대엔
정한 수에 기도가 여울지고

포근한 겨울밤 雪花가 피면
항아리 안에선 장이 도란도란

할머님의 사랑스런 지혜로
옹기엔 담뿍 담긴 맛의 향연

지팡이

지팡이가 길을 간다.

할머니가 굽은 허리로
오랜 세월 그를 의지하며
새벽 교회당으로 간다.

웃가지를 홀홀 털고
마른 살마저 짐이 될까
땅을 딛고 돌을 치며
가늠하는 듯이 간다.

꽃 같은 인생을
생명줄로 세파에 시달리며
앞만 보고 달렸을 몸……

혼자 설수 없어
지팡이가 수행자 걸음으로
쉬지 않고 걸어간다.

빈자리

그대가 떠난 자리
모습은 보이지 않지만
눈길이 자꾸만 가네.

없는 줄 알면서
눈물 흘리며 음성이 들릴까 봐
귀가 그쪽으로 향하고

없는 줄 알면서도
체취가 남아있을까 봐
그 자리에 마음 쏠리며

그대가 떠난 이후
지난날의 추억을 되새기며
그 자리를 서성이네.

동행同行 2

빛과 그림자는 한 몸
그대는 빛, 나는 그림자
그대 때문에 존재하고
곁에서 떠날 수 없네.

그대가 어디로 가던
나는 따라 가고
그대가 밝을수록 더욱 선명해져
은혜롭게 살아가며

서로가 먼 공간에서
이루어지는 사랑이지만
그대의 그림자가 되어주기에
빛을 발하는 것을……

피뢰침

낙뢰를 먹고 산다.
하늘을 향해 두 팔을 벌리고
양陽 이온을 기다리며 산다.

천둥치고 번쩍이고
곁으로 오면 온몸이 전율하지만
넓은 가슴으로 껴안아

숙명으로 대지와 손잡고
혀를 날름대며 흐르는 낙뢰를
땅속에 신속히 흘려보낸다.

꽃들의 향연

봄이면 꽃바람을 따라
산에는 싱그러움이 묻어나고
들에는 청아함 물신 풍기며
꽃들이 봉오리 터트리네.

꽃은 순간의 절정을 위해
나뭇가지에 주렁주렁 매달려
여기저기 꽃잎 벙긋거리며
향기를 가득 담아 풍기네.

저마다 울긋불긋 피어나
화사한 빛깔로 봄을 장식하고
축제의 꿈 가득 담은 듯
벌 나비 너울너울 춤추는데

꽃들을 보고 미소 지으면
어느새 향기가 물신 묻어나
하얀 구름이 바람에 일렁이듯
봄은 꽃향기에 젖어드네.

민들레 2

밟혀도 꽃을 피운다.
먼지가 풀썩거리는 길섶 어디건
뿌리가 강인하게 파고들어
돌 틈이건 비탈이건 일어선다.
땅이 갈라지는 가뭄에도
바람에 실려 온 안개 움켜쥐고
싹을 틔우며 끈질기게 버티는 듯
밟힐수록 뿌리를 깊게 뻗어
왕성한 생명력으로 꽃을 피운다.
내 조그마한 영혼이
뭇사람에게 짓밟히고 뜯기어도
또다시 새로운 날을 맞으면
고개를 들고 일어나듯이
땅의 기氣를 받고
모진 인욕忍辱의 굴레를 쓰고도
깃발을 들고 슬기롭게 일어서
꽃씨를 세상에 날려 번진다.

자운영

오월의 화창한 이른 아침
시골길을 한없이 달리다보면
푸른 날개옷 입은 자운영 꽃이
감성을 촉촉이 적셔주네.

누구나 좋은 추억 있듯이
논둑에서 놀다 꽃반지를 만들어
소꿉친구에게 채워주었던
추억이 모락모락 떠오르네.

마음에 저려진 지난세월
가슴속에 영원히 지워지지 않고
왠지 눈시울이 뜨거워지며
어린 시절이 그리워지네.

영산홍

굽이치는 능선을 따라
산불처럼 타오르는 꽃송이들이
선혈 흐르듯 붉게 번지네.

지칠 줄 모르는 열정의 화신
매력 넘치는 초롱초롱한 눈망울
사랑의 열정을 태우며

새벽잠을 깨우는 샛별처럼
손끝까지 전해오는 유혹에 끌려
달콤한 사랑에 꿈꾸듯

야심한 밤 그윽한 향기로
시름에 젖은 그대 영혼을 깨우며
끝없이 사랑을 불태우네.

인연 1

떠나려 할 때 보내주고
높이 날아가려 할 때
풀어주고 당기는 연줄.

설레이는 마음으로
한 평생 곁에 머무르라 했으나
바람을 선택한 그대,

줄을 잘라
죽음에 입 맞추며
나뭇가지에 찢기고 떨어진
빗나간 인생의 슬픈 운명,

이제 모든 것 다 주려해도
돌아오지 못하는 그대
낙엽처럼 가슴에 쌓이네.

인연因緣의 끈

만나던 많은 사람 중에
얘기를 나누고 사랑을 속삭이며
함께 정을 나누었네.

가슴 시린 날이면
괴로웠던 시간 따뜻한 마음으로
아름답게 꽃을 피우고

소망을 품고 작은 가슴으로
젊은 인생의 진실한 삶을 가꾸어
편안하게 일생을 맞이하듯

환한 웃음으로 뒤돌아보니
우리 서로 좋아 사랑을 다짐하던
소중한 만남이었네.

그리운 밤에

침묵을 톱질하는
귀뚜라미 소리에
가을이 흐른다.

잠 못 이루는 밤
기억 속에서 살아오는
해맑은 얼굴

추억으로 묻어오는
고운 목소리
속삭이듯 차오르고

못 견디게 그리워
떠도는 허공 속
불러보는 그 이름

잃어버린 시간 속에
수없이 되새겨도
가시지 않는 갈증

얼룩진 흔적 씻어내어
그대 있는 곳으로
내 마음 보내 드리리.

흐르는 세월

인생은 한 조각 뜬구름
굽이굽이 살아온 발자국마다
저마다 부푼 꿈 키워가네.

부질없는 욕심을 버리고
가슴을 열면 살만한 세상인데
놓지 못하는 욕망의 끈

오고 가는 세월 속에
잘나고 못남을 평가하지 말며
함께 어울려 살아가리.

제6부 마음의 창

마음의 창

하늘은 바라보는 거울
저마다 사람들의 마음속에는
자신을 보는 창이 있네.

보랏빛 마음을 열어보니
소리 없이 찾아온 그리움 가득
당신이 주는 고마운 꽃잎

그 속에 간절한 소망과
애틋한 사랑, 오래 간직한 행복
미움까지도 들어있듯

인생의 잊을 수 없는 여운
창이 열리면 설익은 사랑으로
마음만 붉게 익어가리.

화롯불

할아버지는 화롯불이시었네.

엄동설한을 지나기 위하여
숯불 가득 담아 방 한가운데 모셔
추위를 녹여주는 불씨이며

숯 검댕이 속을 태워
손자들의 시린 가슴 다독여주던
할아버지 따뜻한 사랑이었네.

유난히 흰 수염이 많으시고
엄하지만 자애로움이 몸에 배인
인자仁慈하신 할아버지……

신호등

숨 가쁘게 돌아가는 세상
걸어가야 하는 미지의 길을 위해서
언제나 신호등을 지켜보네.

신호등은 빨간불을 켜다가도
시간이 흐르면 다시 파란불이 켜져
멈춰 있는 길을 가도록 하며

사람이 계속 쉬지 않도록
파란불과 빨간불이 조화를 이루며
걷다 잠시 쉬고 반복해 걷듯

절망하여 뒤돌아서지 않는 한
마지막 종착역에 도달한다는 사실
바로 그게 인생길이 아닌가.

행복한 동행

인생을 함께 걸어갈
친절하고 성실한 친구가 있는 건
참으로 즐겁고 기쁜 일이네.

힘들 때 서로 기댈 수 있고
아플 때에는 고통을 함께 나누며
도움 주는 건 참 좋은 일이죠

사랑은 홀로 할 수 없듯이
아무리 좋은 여행이라도 홀로하면
쓸쓸하여 무슨 재미있겠는가.

서로 섬길 줄 알고 겸손하며
삶 속에 아픔을 감싸주는 동행은
참으로 기쁘고 행복한 일이네.

여름밤 2

앞마당에 모깃불을 피워놓고
달빛 내리는 멍석에 둘러앉아
온 식구가 이야기꽃 피웠네.

둥글하면서 묵직한 수박을
우물에서 막 꺼내어 먹는 맛 시원해
무더운 삼복더위를 식히면

연기가 뭉게뭉게 피어오르고
반딧불이 멀리 떼지어 날아다니며
초롱초롱 별들이 반짝이었네.

지금도 기억 속에 떠오르는
소쩍새 울어 새우는 밤 멍석위에
별을 헤아리던 여름밤 추억……

인생 조각보

모아둔 고운 헝겊 조각들을
형형색색으로 조화롭게 꿰어 맞춰
아름다운 조각보를 만든다.

질곡 없는 삶이 어디 있으랴
살면 살수록 후회가 많은 날들
스치고 부딪친 옷깃과 옷깃 사이로
불신과 미움이 넘실거리지만

누구에게나 내보일 수 없는
깊어가는 상처를 조각보처럼 꿰어
가슴 채워 가는 게 인생 이란다.

빨래

기분이 우울할 때 세탁을 한다.

찌든 옷을 바구니에 모아
세탁기에 넣고 스위치를 누르니
물이 태풍처럼 회오리쳐 쏟아지고
춤을 추며 하얗게 빨아진다.

조심스럽게 세상을 살아가도
여기저기 늘어만 가는 얼룩진 자국
치유 받지 못한 채 가슴 파고들어
비비꼬인 몸이 우울해지며

오염되어 더럽혀진 허물들
옥양목처럼 깨끗하게 세탁이 되어
양지바른 줄에 곱게 말리듯이

시리도록 맑은 하늘에서
일렁이며 불어오는 넉넉한 바람에
저 멀리 상쾌하게 날려 보내리.

한강漢江

민족의 정기가 흐른다.
억겁을 흘러 조국의 중심부를 가르며
맑고 신선한 아침을 깨운다.

백두대간에서부터
천삼백 리 물길로 민족의 젖줄 이루고
역사의 아픈 눈물을 삼키며
나라의 기적을 이루었다.

어둠을 밝히는 태양처럼
혼탁한 세상 진리의 등불을 밝히며
생명의 빛으로 떠오를 수 있도록

오늘의 이 강토에
반도의 땅에 한의 철조망을 걷어내고
우리의 소원을 이루게 하리.

천내강 天內江

강물이 시를 읊으며 흐른다.

전망대에서 바라보면
바위산을 휘감아 내려오는 강물이
서정시를 쓰며 흐른다.

강물위에 수많은 언어들이
은하수처럼 내려앉아 맑은 숨결로
시가 되어 흘러내리며

낭떠러지나 돌부리를 넘어
부서진 조각은 물비늘로 반짝이고
더 넓은 세상으로 흘러간다.

바람은 물을 감싸 안고
강줄기로 맺힌 언어들을 아우르며
아름다운 세상에서 꽃피리.

느티나무

아버지는 느티나무이였다.
항시 마을 어귀에서
무더운 여름엔 그늘이 되어주고
사계절 아이들의 놀이터 되어
수호신처럼 지켜주었다.
단오절에는 그네가 되어주고
궂은일 마다않고 앞장서 일하며
공동우물을 청소하는 등
공동 일을 이끌어오셨다.
옳은 것은 옳다고 말하고
그른 일을 보면 그르다고 말하여
정의롭고 한평생 떳떳하게
모범으로 살아온 아버지……
눈보라가 세차게 몰아치고
거센 폭우가 밀려와도 우뚝 서서
때마다 고통마저 마다 않고
마을의 거목으로 살아왔다.

청산青山

산허리가 초록빛으로 물들고
떠도는 흰 구름 임에게 손짓하는
다정하고 정겨운 청산에 살리.

산에 올라 암반위에 눈 감고
세상만사 근심걱정 모두 버린 채
계곡의 물소리 새소리 들으며

온갖 세상 변하고 흩어져도
녹수가 흐르고 푸름이 그대로인
맑고 아름다운 청산에서 살리.

여름 숲

숲속에서 시어들이 노닌다.

휘이익 바람은 숲을 깨워
나무 잎을 흔들어 나부끼게 하며
은빛 밀어들로 소곤거리고

자유롭게 공간을 나는 새는
여기저기에서 청아한 목소리로
즐겁고 아름답게 노래한다.

바윗돌에 부딪쳐
골짜기로 흘러내리는 개울물이
졸졸졸 시어가 되어 흐르고

바람소리, 새소리, 개울물소리
하루 종일 굴러도 때 묻지 않은
순수 서정시를 읊조린다.

억새꽃 향연

늦가을 억새 숲에 가면
저만치서 흔들어대는 솔바람이
내 마음 속에 불을 지핀다.

군악대가 사열하고
오케스트라의 합주곡이 울리면
백조는 군무를 곱게 춘다.

정녕 어떠한 향연도
석양에 반짝이는 은빛 물결을
상상해 볼 수도 없는데

능선에서 백발의 신선이
삶에 지친 몸을 포근히 감싸며
묵은 찌꺼기를 씻어 준다.

해바라기 2

다가서기에 너무나 멀지만
눈부신 해님을 따라 바라보면
너무나도 행복하다네.

정오에 햇빛이 빛나고
한줄기 빛이 내려와 몸을 감싸
심장까지 따뜻하게 하며

홀로 태우는 속마음
내 생애에 가슴 벅찬 기쁨으로
온몸 사랑으로 불태우네.

가을 나그네

가을을 밟고 걸음 재촉하는
나그네의 마음을 붙들지 못하면서
하늘만 붉게 물들이네.

친구하나 없는 쓸쓸한 가을
낙엽은 지고 흰 구름은 흘러가는데
얼마나 많은 시간 걸어야 하나.

시름을 그대로 안은 채
터덜터덜 길 떠나 가야하는 나그네
아무도 모를 길을 걸어가네.

추억의 길

어머니는 만경 댁이었다.

어린 시절 어머니 손에 매달려
코스모스가 한들거리는
만경강 둑길 따라 청하대교를 건너
벌판을 지나 외갓집 가는 길

산허리를 돌아가는데
메밀꽃이 소금을 흩뿌려놓은 듯
흐드러지게 피어 흔들거리고

흰 구름 떠가는 꽃밭에
마디마디 곱게 핀 순정어린 새아씨
누구를 기다리고 있는 걸까.

대동리 감나무로 둘러싸인
외갓집 황토벽에는 세상 떠나가신
외할아버지 얼굴과 흰머리가
수채화처럼 새겨져 있었다.

채석강

변산 격포에는 고전이 쌓여있다.

책은 친구이고 지식의 보고
아득한 옛 얘기를 들려주기도 하며
미래를 예측할 수 있게 한다.

그와 아름다운 눈 맞춤은
모락모락 피어나는 책속의 언어와
상상의 노트로서 메아리친다.

책은 인생의 나침판이고
원활한 소통의 길이며 행복의 비타민
평생 편안하게 해주는 친구.

마음속에 다지는 끝없는 공감대
따뜻한 가슴속으로 미래를 엮어가는
믿음지힌 동입자이다.

깨어나는 강

맑은 햇살이 잔설을 녹이는 날
동면에서 깨어 갈대를 흔드는 바람
얼음이 녹아 줄기차게 흐르네.

되돌아오지 않는 시간
덧없이 흘러간 고달픈 세월 이겨낸
갯버들이 다시 꽃눈 부풀려 피며

바위를 휘돌아가는 강물이
짧은 탄생과 함께 느리게 걸어오고
노을 앞에 잠시 머물다 잦아들며

새로운 생명을 잉태하고
떠밀리듯 굽이굽이 바다로 흐르며
강물은 점점 깊어져가며

생성과 소멸을 거듭하면서
쪽빛 물결 살랑대며 간질이는 강물
봄 향기 풍기며 유유히 흐른다.

질경이 2

앉은뱅이 볼품없는 체구에
당차고 질긴 회오悔悟의 질긴 마음
계절을 구분하지 않고 자란다.

길섶에서 천박하게 태어나
모진 구둣발에 밟히고 뭉개져도
한결같이 굳세게 살아가는

인고忍苦의 세월을 견뎌내며
계절을 모르는 청춘으로 피어올라
천도天道에 따라 끊기 있게 살며

꽃대 하나 위로 세우고
작은 깔때기의 모양의 꽃을 피워
여기저기 번지며 무리 짓는다.

지울 수 없는 치욕에 대항해
짓밟혀도 다시 일어서는 근성에서
불굴의 정신과 기상을 본다.

먼 산 2

구름이 벗어난 먼 산은
참선하여 해탈하는 고승처럼
초연히 좌선을 하는 중이네.

누구에게나 열려진 공간
스며든 햇빛을 가슴에 앉은 채
목마른 이에게 감로수 되고

멀리 있어도 누구에게나
너그럽고 자혜로움 가득하게
묵언수행黙言修行 중이라네.

금강산 소나무

― 변월룡 회고전을 보고

조선 소나무들이
줄기와 가지를 하늘로 하늘로
높이 뻗어 바람타고
달빛 아래 별들도 속삭이는
꿈같은 전설을 이야기한다.

바람 잘날 없이
뜨겁게 수혈하는 생애
솔 향을 그윽하게 풍기며
온갖 풍상에도 굴하지 않고
구름 머무는 기암절벽을 보며
굳세고 곧은 기상으로
푸르른 삶을 꿈꾸는 듯

한민족 가슴 깊이
자리 잡은 조선 소나무
하늘을 찌르듯 기록한 서상
코리아 화가로 우뚝 솟았다.

어머니 초상

– 변월룡 회고전을 보고

머리가 하얗고 구부정하며
얼굴은 온갖 세파를 다 이겨내어
평온하게 보이는 여인

고귀한 생명을 잉태한 듯
인생 속에서 고단할 때마다
바람막이가 되어준 당신

어릴 적 눈망울 속에
당신의 부드럽고 다정한 눈빛으로
화가의 꿈을 심어주어

자식의 소망을 이룰 수 있도록
물심양면으로 마음을 잡아주시어
열매를 맺도록 하여주시며

영원히 영혼 속에 남아
든든한 버팀목으로서 계신 당신
그리움 가슴에 젖어 옵니다.

박꽃

달 밝은 밤 초가지붕 위에
고운 숨결로 순백의 꽃을 피우고
줄기 마디마다 불 켜 놓았네.

밤에만 소복 차림으로
남몰래 피었다가 지는 달 바라기
눈물 머금고 님 기다리는가.

저녁 무렵 하얗게 빚어놓고
초가지붕 넝쿨마다 꽃등을 켜는
순백의 그대의 모습 눈부시네.

작품해설

순후한 인정미학의 접사接寫

黃松文

(시인, 선문대 명예교수)

김연하 시인은 한국전력주식회사 부장에서 전직한 후 한국엔지니어링 이사를 역임할 정도로 전기 분야에 재능을 지닌 분이다. 이 시인이 '86년 아시안게임과 '88년 서울올림픽 당시에 전기설비의 안전대책을 맡아 전기를 공급함으로써 대회를 성공적으로 이끄는 데에 기여한 흔적이 담겨있다. 이러한 경우만 보아도 그 분야에 조예가 깊은 분이라는 것을 수월하게 알 수 있다.

국가유공포장 등을 9회나 수상한 경력을 보면 그의 공학도로서의 면모를 미루어 짐작하게 된다. 그런데 이러한 사회 현실적인 경력의 소유자가 어떻게 다수의 시집을 상재하고, 수필집과 시조집, 그리고 노래시집에 이르기까지 무려 20여권이나 펴내었다는 데에 독자는 의아한 느낌을 받을 것으로 여겨진다. 평생을 엔지니어로 종사해온 분이 어떻게 해서 이처럼 예능분야에 왕성한 활동으로 다산多産을 하여왔을까 하는 의구심을 떨치지 못할 것이다.

김연하 시인은 한국전력에서 전직한 후 사진예술 분야에 관심을 가지고 재능을 길러왔고, 시 창작에도 진력해 왔다. 그는 사진 예술을 하면서 시를 쓰기 시작하였기 때문에 시의 세계에는 시진 예술과도 관련이 깊다. 이는 사진 촬영의 습관이 시에도 반영되고 적용되었음을 의미한다.

따라서 김연하 시인은 마치 사진을 찍듯이 그렇게 시를 생산한 것으로 보인다. 카메라 렌즈로 피사체를 조절하여 셔터를 누르듯 그렇게 접사하는 셈이라 하겠다. 따라서 그의 시는 서경적敍景的 요소가 풍부한 편이다. 그러므로 그의 시작품들은 사물의 접사상태에 머무르는 것으로도 만족해야 하는 한계를 안고 있다.

김연하 시인의 시는 산천초목 등 자연의 경치를 노래하는 서경시敍景詩가 대세를 이루는 것으로 보인다.

구름을 벗어난 먼 산은
참선하여 해탈하려는 고승처럼
초연히 좌선을 하는 중이라네

고요 속에 침묵하며
법열(法悅)의 깊은 이치를 깨달아
도량이 넓고 맑게 일깨우는 듯

누구에게나 열려진 공간
스며든 해를 가슴에 안은 채
목마른 이에게 감로수가 되고

아픔의 세월 번뇌에 찌든 육신처럼
영혼의 꽃잎 피울 수 있도록

언제나 유유자적(悠悠自適)하는 걸

멀리 있어도 누구에게나
너그럽고 자혜로움 가득히
묵언수행(默言修行)중이라네

– 「먼 산」 전문

　자연 관조의 시다. 구름을 벗어난 먼 산을 선풍禪風의 안목으로
관조한다. 그리고 그 의연한 산의 자태에서 고승을 유추하여 의인
화한다. 그리고는 고승과 동일시되고 동일체 되는 먼 산이, 고승
이 "묵언수행 중"이라는 격格의 자리에 이르게 된다.

떠나려 할 때 보내주고
높이 날아가려 할 때
풀어주고 당기는 줄

설레는 마음으로
한 평생 곁에 머무르려 했으나
바람을 선택한 그대,

줄을 잘라
죽음에 입 맞추며
나뭇가지에 찢기고 떨어져
빗나간 인생의 슬픈 운명,

이제 모든 것 다 주려해도
돌아오지 못하는 그 사람

낙엽처럼 가슴에 쌓이네.

—「인연 3」 전문

　여기에는 '연'이라는 사물이 등장하지 않았으나 이 시인의 내심에는 연상하는 '연'을 매개로 해서 인연을 표현하고 있다. 1연에서는 마치 연을 날릴 때처럼 연의 비상을 위하듯 상대의 향상을 위하여 배려하는 자세를 견지하고 있음을 알 수 있다. 그러나 그 대상은 지극히 배려하는 마음을 외면하고 떠나감으로써 인연이 끊어지게 되었다는 내용이다. 3연에서는 연줄이 끊겨 날아간 연처럼 비참하게 된 결말을 애석해 하는 모습을 헤아리게 된다.

　마지막 4연에서는 돌아오지 않는 강물처럼 이미 흘러간 추억만이 낙엽처럼 애상에 젖게 한다고 되어 있다. 헤르만 헤세는 인연을 아는 것은 사고思考요, 사고를 통하여서만 감각은 인식이 되어 소멸되지 않을 뿐 아니라 본질적인 것이 되어 그 속에 있는 것이 빛날 수 있다고 생각되는 것이라고 말했다.

새로 구입한
구두 뒤축이 길에 쓸리고
반듯하게 닳지 않고 비스듬해져
길들이기를 해가네.

아무리 발끝을 모아 걸어도
언제 풀렸는지 모르게
밖으로 튕겨 나가
한쪽으로 비스듬한 것을……

질곡 없는 삶 어디 있으랴
살아가며 후회 많은 날들
삶의 중심이 기울어져가고
깜짝할 사이 흐르는 세월

골반이 기울면 기울수록
뼈가 사근거리다 주저앉은 듯
낡은 뒤축과 밑창이 어긋난 채
저녁노을처럼 기울어가네.

—「구두」 전문

　한쪽만 다는 구두의 뒤축에서 인생을 집약적으로 얘기하고 있다. 이 시인은 한쪽이 닳아서 자꾸 기우는 몸처럼 삶의 중심이 기울어간다고 나름대로 인생을 해석하고 있다. 결국 결말에서는 "저녁노을처럼 기울어가네." 하고 애오라지 슬픔 속에서도 아름다움을 추구하는 몸짓을 보이고 있다.

얼음이 녹아 흐르는
세찬 물살에
새알처럼 다듬어지고

소용돌이 속에
만나고 부딪치며 깎이는
인연의 여울목에서

주름살 깊어갈수록
삶의 잔재미가 모여

세월 따라 둥글게 둥글게
사랑의 윤선(輪線)을 그려가네.

–「조약돌」전문

　사랑의 윤선을 찬미하는 작품이다. 물살에 다듬어진 조약돌의
그 원형에서 의미를 캐어내려 하고 있다. 인연된 상대와의 고난을
통해서 조약돌 같은 원형이 되어 가는 아름다움의 극치 점을 이
시인은 "인연의 여울목"으로 표현하고 있다. 인연의 여울목 그것
은 아픔을 통한 성숙으로서의 아름다움이 아니겠는가.

외로이 떠돌던
홀씨 하나
길섶에 날아들어 뿌리내렸다.

거친 발길에
짓밟히고 뭉개져도
아픔을 딛고 살아온
끈질긴 고난의 삶,

슬픔은 별이 되고
괴로운 가슴을 지우며
노란 꽃으로 피어나
여물어 가는 생명의 씨앗,

꽃등에 실려
어느 언덕 날아가도
고운 얼굴로 다시 피어나

작은 가슴 가득히
초록빛 향기 뿜어내며
온 천지에 번져 나가리.

─「민들레」 전문

　여기서는 강한 의지를 나타내고 있다. 주어진 인연을 통해 기어
히 꽃피고야 말겠다는 강한 의지의 표현이다. 고난 극복 후의 개
화를 넌지시 축약하여 표현하고 있다.

생이란 한 조각 뜬구름
숨 한번 들어 마시고
마신 숨 다시 뱉어내면
그게 살아있다는 증표

절개된 목어(木魚) 등의
각인된 목탁소리에
다갈색 연록 출렁거리네.

우담발아처럼 시어(詩語)가 들면
좋은 시 한편 지어
즈믄 밤 열반에 들고
죽어서 영원히 살려네.

─「열반」 전문

앞만 보고 날려오나 뒤 돌아보니
무한경쟁(無限競爭)의 높은 벽
태산처럼 보기만 해도 어지럽고

어깨의 짐 너무 무거웠네.

시(詩)는 나의 새로운 희망
더러 혹자는 허접하다 말하며
고루한 말이라 핀잔을 줄지 몰라도
나는 어디서나 하고 싶은 말……

-「독백」중 전반부

　순수에의 향수를 느끼게 하는 시이다. 엔지니어로서 앞만 보고
달려오다가 뒤돌아보니 무한경쟁 시대의 높은 벽을 느끼게 되는 차
제에 시는 새로운 희망이 되어주었다는 내용이다. 미루어 짐작하건
대 전기를 다루는 엔지니어는 업무에 충실하다보면 감성이 메말라
질 것이다. 여기에 시는 감성을 되살리는 촉매제가 될 것이다. 그래
서 이 시인에게는 시가 새로운 희망으로 자리하게 되었으리라.

그리움이 쌓일 때면
눈길을 걷던 호숫가 찻집에서
그녀와 함께 커피를 마시네.

조용히 흐르는 음율 속에
어우러진 향내음 새겨 마시면
어느새 커피 잔은 비워져
공허한 마음 갈증으로 남고

소리 없이 내리는 함박눈이
그때 그날처럼 포근하게

발자국을 지울 무렵엔

가로등 불빛이 반짝이며
향그러운 한 잔의 커피 내음처럼
애정 어린 추억 젖어오네.

　　　　　　　　　　　－「호반의 찻집」 전문

침묵을 톱질하는
귀뚜라미 소리에
가을이 흐른다

잠 못 이루는 밤
기억 속에서 살아오는
해맑은 얼굴

추억으로 묻어오는
고운 목소리
속삭이듯 차오르고

못 견디게 그리워
떠도는 허공 속
불러보는 그 이름

잃어버린 시간 속에
수없이 되새겨도
가시지 않는 길중

얼룩진 흔적 씻어내어

그대 있는 곳으로
내 마음 보내 드리리

-「그리운 밤에」 전문

뿌리에 숨긴 기질은
어둠을 비집고 일어서
새봄을 향긋하게 장식하네.

초토화된 흙더미 속에서도
갈기갈기 찢기고 잘린 채
끈질기게 일어서며

암울했던 시대에
민초들의 갖은 핍박으로
뼈를 깎는 절망의 고통 감내하듯

칠흑의 어둠을 안고
강인한 생명력으로 깨어나
굳세게 일어서네.

-「쑥」 전문

이「호반의 찻집」은 마치 수채화를 그려가듯이 서정성을 순수하게 펼쳐보여주고 있다. 그저 편안하게 쉬면서 부담 없이 읽기에 적합한 그런 시라 하겠다. 1연에서는 그리움이 일어날 때면 추억이 있는 호숫가 찻집에서 지난날의 추억을 재생시키는 상상을 하는 것으로 시작하고 있다.

2연에서는 그런 상상이 깨어지고 현실의식으로 돌아오게 되면 커피는 이미 식어서 공허가 더욱 파인다는 내용이다. 여기에서 독자는 키에르케고르의 3단계 설을 떠올릴 수도 있을 것이다. 애정의 쾌락적 단계와 윤리적 단계, 그리고 종교적 단계가 그것이다.

3연에서는 함박눈이 내려서 발자국을 지우게 되고, 4연에서는 다시금 추억을 회상하는 것으로 회귀한다. 이러한 경우는 스스로 도취하여 센티멘털에 빠질 수 있기 때문에 지성을 가미하면서 경계해야 한다.

그 다음의 「그리운 밤에」는 앞의 시와 동류다. 첫 연부터 표현 기교를 보이고 있다. 그 다음 「쑥」은 생명의 의지를 보이고 있다.

> 고즈넉한 강변에
> 자리 잡은 아담한 작은 집에서
> 살고 있는 할아버지 부부
>
> 집을 에워싼 울타리에
> 복사꽃이 만발하고 둑 아래엔
> 모래가 번쩍 빛나네.
>
> 연어가 회귀(回歸)하는 계절
> 건강한 어미와 아비로 성장해
> 돌아오는 아들딸 기다리며
>
> 하늘엔 흰 구름 떠가고
> 이둠을 쫓는 눈부시게 밝은 빛
> 마냥 행복해 하는 노부부.
>
> —「외딴집」 전문

할아버지는 화롯불이시었네. / 엄동설한을 지나기 위하여
숯불 가득 담아 방 한가운데 모셔 / 추위를 녹여주는 불씨
이며
숯 검댕이 속을 태워 / 손자들의 시린 가슴 다독여주던
할아버지 따뜻한 사랑이었네. // 유난히 흰 수염이 많으시고
엄하지만 자애로움이 몸에 배인 / 인자仁慈하신 할아버
지……

－「화롯불」 전문

깎아지른 산마루턱에서 / 빈 마음으로 하늘을 바라보며
푸른빛 잃지 않고 향기를 뿜어낸다.
굽은 소나무 선산 지키듯이 / 비가 쏟아지고 바람 불며
눈보라가 세차게 휘몰라 쳐도 / 지조를 지키며 살아온 삶
파고드는 그리움 안고 / 이제 새우등처럼 허리가 굽어
마음 한편에 촉촉이 적셔드는 / 깊은 사연을 지닌 채
석양에 긴 그림자 드리운 길 / 사그라지는 노을 빛 아래
쓸쓸히 고향을 지키며 / 아쉬운 세월 안고 황혼에 젖는다.

－「굽은 소나무」 전문

위의 「외딴집」은 안빈낙도에 만족해 하는 노부부의 소박한 삶을 그리고 있다. 그런 상태로써 만족해 할 뿐 지나친 욕심을 내지 않는다. 여기에서는 특별한 실험의 흔적도 보이지 않는다. 이 시는 편안한 상태를 누리는 것으로 족해야 할 것이다. 그 이상의 기대에는 무리가 따르기 때문이다.

다음의 「화롯불」 역시 앞의 시와 동류다. 이 시가 향토정서로서의 인정미학을 그려내고 있다면, 다음에 이어지는 「굽은 소나무」 역시 지조를 잃지 않는 향토정서를 나타내고 있다.

서창(西窓)에 걸린 달이
침잠(沈潛)하는 마음의 가지 사이
스치며 지나가네.

캄캄한 어둠속에
더욱 또렷하게 드리워지는
고독의 그림자

영혼의 넋으로 피어
사랑하고 위로하던 추억이
그리움으로 살아남아

창천(蒼天) 가득히
남루했던 옷자락 내려놓고
잃었던 꿈을 꾸게 하네.

— 「독야(獨夜)」 전문

   이 시에서는 창연한 느낌이 회화적으로 표현되어 있다. 1연은 창에 걸린 달이 가라앉아 잠기는 마음가지에 스치는 풍경이 설정되어 있고, 2연은 어둠 속의 고독을, 3연과 4연은 영혼의 사랑 꽃에 그리움이 살아 잃었던 꿈을 꾸게 한다는 내용으로 차있다.

시(詩)는 선(禪)의 세계로
순수한 마음속에 내재해 있는
상상의 나래를 편다.

삶의 맑은 거울인양

은은하게 채색된 수채화처럼
감동을 선사한다.

　　　　　　　　　　　　　－「시심(詩心)」 중 전반부

　이 시는 김연하 시인의 시세계를 명징하게 증명한다. 그것은 투
명하고 순후한 마음씨와 기교에 관한 문제다. 맑은 물은 특별한
용기容器에 담지 않아도 환영받듯이 순수한 언어는 특별한 기교
가 아니라도 읽혀진다는 점이다.
　물론 실험적 기교보다는 편안한 순수에 더 관심이 가는 독자에
게 읽혀질 것이다. 또한 시집에는 사진이 곁들여져서 눈을 즐겁게
하기도 한다. 이런 점은 독자의 취향에 따라서, 또는 시의 차원에
따라서 장점이 되기도 하고 단점이 되기도 한다.
　특히 시「외딴집」은 아름다운 강변이 바라보이는 소박한 집에
서 행복하게 살고자하는 염원이 담긴 작품이라면, 시「조약돌」은
'인연의 여울목'에서 만나고 부딪치면서도 소용돌이치는 물살에
둥글게 다듬어져서 '사랑의 윤선' 즉 조약돌을 이루겠다는 소박한
꿈을 펼쳐 보인다.

아버지는 목수였다.
숫돌에 물방울을 떨어트려
무딘 대팻날을 문지르면
제 몸 깎으며 날을 세웠다.

잔뜩 날이 선 대패로
판재를 매끄럽게 다듬어

장롱과 가재도구를 만들며
고투의 세월을 보내고

가슴속 깊이 녹아든 눈빛은
자식 위해 그늘이 되어
어둠에서 빛이 되고
언제나 손을 잡아주셨다.

천직으로 목공일을 하며
평생을 희생해온 아버지는
강한 대팻날 연마로
야위어가는 숫돌이 되었다.

-「숫돌」 전문

목수 일을 하던 아버지가 '숫돌'이 되었다는 사연이다. "제 몸 깎으며 날을 세웠다."는 얘기나 날 선 대패로 판재를 매끄럽게 다듬어 장롱과 가재도구를 만들며 생활을 위해서 고투의 세월을 보냈다는 얘기인데, 결국은 희생적인 가족애를 통해서 "야위어가는 숫돌"이라는 측은지심이 발동하여 심정적으로 토설하고 있음을 감지하게 된다.

엔지니어로서 사진예술을 하면서 시를 창작해온 김연하 시인의 시세계는 거창한 제재가 아니라 소박한 꿈이라하겠다. 아름다운 강변이 바라보이는 아담한 외딴집에서 조약돌처럼 둥글면서도 편하게 실고자하는 소박한 꿈의 표현이다. 이는 마치 카메라 셔터를 누르듯 그렇게 접사接寫하여 탄생시킨 시라 하겠다.

고담古譚 김연하金連河 시인

중앙대학교 국제경영대학원,『문예사조』에 시로 등단.
한국문인협회 회원, 한국현대시인협회 이사,
한국가곡작사가협회 이사, 한국사진작가협회 회원,
한국전력주식회사를 거쳐 (주)한국건설기술단 이사,
한국전자기술상, 서울카톨릭한우리 감성상,
국가유공포장 외 다수 수상, 사진공모전 입선 24회.
시집『깨어나는 산』,『세월은 흘러도』,『인생유정』,
　　『겨울소나타』,『백두대간사계』,『강마을』,
　　『꽃들의 향연』,『인연』,『마음의 창』,
　　『아름다운 강과 바다』,『가을서정』,
　　『여명의 빛』,『바람의 언덕』
시선집『조약돌 사랑』 시조집『그리움은 강물처럼』
노래시집『가을 연가』,『날아라 새들아』,『구름 나그네』,
　　『그리운 얼굴』
수필집『아름다운 인생』

전화번호: 010-4171-9073
E mail: godamkim@hanmail.net / godamkim@never.com
홈페이지: http://cafe.daum.net/poemgodam

호반의 찻집

초판 1쇄 인쇄일	2017년 3월 15일
초판 1쇄 발행일	2017년 3월 21일

지은이	김연하
펴낸이	황송문
편집장	김효은
편집·디자인	우정민 박재원 백지윤
마케팅	정찬용 정구형 정진이
영업관리	한선희 이선건 최인호 최소영
책임편집	우정민
인쇄처	국학인쇄사
펴낸곳	문학사계
배포처	국학자료원 새미(주)
	등록일 2005 03 15 제25100-2005-000008호
	서울특별시 강동구 성안로 13 (성내동, 현영빌딩 2층)
	Tel 442-4623 Fax 6499-3082
	www.kookhak.co.kr
	kookhak2001@hanmail.net

ISBN	978-89-93768-47-3 *03810
가격	10,000원